五行歌集

花の小径

石井美和

彩雲出版

花の小径

まえがき

やっとたどりついた五行歌への道のりは、長くて遠いものでした。

だからこそ、私は自身をすくってくださった五行歌に出合えて、今はとても幸せです。

今や五行歌は私にしてみれば生活の大部分になっており、切っても切れないご縁で固く結ばれております。

五行歌は日常生活にとけこんでおり、母との会話、特に食卓では、「今の話で『楽が き笑』のお笑い五行歌のネタを見つけた。また一首できたよ♪」と心はずむことが多いです。

五行歌に励んで十八年が過ぎました。その足跡を残すのに、何度も何度も厚い壁を叩きながら進んで来れたのも、大きな声援とともに私を支えてくださったたくさんの歌友さん、そして良き指導者に巡り逢えたからです。お陰さまで作歌がとても楽しく、遣り甲斐を覚えるまでになりました。

第二歌集『光の輪』に次ぐ三冊目の本書の刊行ができ、とてもうれしく思っております。

これまでご指導くださいました先生、本の出版に携わってくださった方々に御礼を申し上げます。本当にありがとうございます。

これからも五行歌とともに永久《とこしえ》の幸せの心を持ち、母に感謝を致しつつ、歩んで参りたく思っております。

令和六年十一月吉日

石井美和

目次

装丁／クリエイティブ・コンセプト
表紙写真／川嶋　雅《みやび》
本文イラスト／石井美和

石井美和

1章　萌す心

心が
ふと
した
時に
萌《きざ》す

温かい
青い鳥
あなたは
何処から
飛んで来たの

芬芬《ふんぷん》と
漂う
竹の皮の香り
独自の
光りの庭でした

やわらかな
風色に
ちいさな
春を
見つけた

学びは
歳とは
無関係
何時も
机の前

チャポン…
と垂れる
雨のしずく
梅雨入り間もなく
閑《かん》閑《かん》の音

変わった
　のではなく
変えていったのだ
新しい
人格を形成させた

幸せなのに
急に
涙を流す私
私にはもったいない
倖せを感じて

涙って
清々しい
心の前に
流れる
愛しさ

柔和な
人の
言葉は
耳に
残る

さりげない
なにげない
あなたの
やさしさに
感謝します

四つ葉の
クローバーは
四枚の
葉であるが
十字花のよう

夏の夕
雷鳴の
主の
入道雲は何かを
訴えて轟く

大地が
くれる
大きな
生命の
阿吽《あうん》よ

心に
うけた
君の
傷ごと
愛す

倖せは
どこから
運ばれて
どこに
行くのでしょう

みどり色
濃い季節
青春歌う
陽射しの
瑞瑞しさ

雲と
雨は
恋してる
虹が
結ぶ

なだらかな
丘を越え
遥か
　　遠方に
優しい季節

五日も
過ぎれば
秋の趣が
風の方向を
黄金色に

人の
脳には
生きる
力が
張っている

自由になる
大空を飛べての
若い望み
私は今
鳥よりも　自由

岩で
造られた
登山道
切り立った
霊峰を仰ぐ

雄大な
自然に
囲まれ
大きく
育つ木

光は
有限
陽
なくして
生まれない
燃え
滾《たぎ》る
太陽
月夜は
冴え

元気を
ください
勇気を
ください
物ではありませんよ

今
生かされている
倖せを
抱きしめるべき
多幸の道標《みちしるべ》

海の
塩は
神様の
涙の
味です

当たり前の
日は無い
風の香り
雲の流れ
時の歩み

幾分
心が
落ち着くと
果て無い未来を
想像する

私の一生懸命は
きっと
誰かの
ために
なる

陽の歌
風の歌
光の歌
月の歌
星の歌

夢に
満ちた
希望の
光――
瞬く

石井美和

2章　しずかなブランチ

ゆっくり
行こう
しずかな
休日の
ブランチ

沢山
有った
倖せ
それを
歌に

目が
チカチカする
宝石は
不要の
私です

紙と
ペン
さえ
有れば
倖せ

切ないのは
今日まで
陽を
浴びて
飛び跳ねる

笑う
歌う
通う
風水
良好

夏色の
自動車が
今日も
走る
皆、元気一杯だ

オーガニックを
重視して
葉物たちを
育てる母
「可愛い芽を出してくれて有難うね」

日傘が
女性を
美しく
日射し
照る朝

シルバー・メタリックの
サドルの低い
自転車
様々な形の中
想い出を語り合う青春歌

楽しい事
いっぱい
考えれば
明るく
なれる

色違いの
スリッパ
猫さんの
アップリケ
母とお揃い

朝食を
食べる
習慣は
必須だ
力の源

美肌とは
素っぴん
その魅力
化粧には
頼らない

何も
無い
よりも
何事も
無い事

夏が
終わる
朝が
めぐる
さわやかに

いとしい人が
また　御一人
増えました♡
病院の出逢いで
泰子さんです♪

スマホの
赤いランプが
この時ほど
希望の光に
見えた事は無い！

朝日を
浴びて
リフレッシュ
清々しい
月曜日

おひさまは
ひとり　ひとりを
照らしてる
陽の
　やさしさ溢れ

秋晴れ
晴天の
風景画
甘やかな
私生活

倖せって
ほんとう
身近に
いっぱい
溢れてる

絶えず
どこまでも
続く
愛と
夢

今
疲れようと
この先の
私は
笑っているよ☆

富士山の
初雪
衣を
纏いて
耀《かがや》く裾

北海道の
お友達の
K様から
届いた文
雪の香り

一日を
終える
夜を
迎える
星夜《せいや》

みあたらない
その日明日を
神様にあずけ
もう一度だけ
夢を見ましょ

夜の
寂しさ
超せば
新しい
朝日

3章　美しく生きよ

五行からの
言葉の
プレゼント
今日も私から
大好きな貴方へ

五行の
ワールド
皆、誰も
未だ知らぬ
世界を見る

五行歌の
発想は
真に
実に
自由だ！

誰もが
うたびと
素で固め
たくわえている
名歌のもと

涙の
数の
重みが
糧となり
作歌の熱量

学校では
学べない
多くの事を
五行歌で
学びゆく

これから先
どのような
五行の歌を
つくれたら
倖せだろう

一日が
有意義に
終わる日
満足する
作歌で

素的に
詠めた
歌って
パッと
散るな

彩の
お庭は
精彩を放つ
歌友様の
輪

ゆるやかに
しっとりと
しなやかに
詠われてる
歌友の皆様

愛から
心の
絆を
深めます
これこそが五行歌の力

五行歌は
お互いの
良さをも
認め合う
歌友さん

友を
思う
その
心を
歌に

他に
類の
ない
歌友さんの
優しさ

思う
ように
ペン
進まず
苦戦

料理にも
手際の
良さが
あるのだから
歌にもだ

好い
歌を
一首
でも
多く

友が近くに
居なかろうと
五行歌の
輪で
和を創ろう

五行歌は
副作用の
全くない
心の病の
特効薬☆

五行歌の
一行一行
命を感ず
重い心が
宙を飛ぶ

読み込んで
詠み
書く
力
注入

嬉しくて
仕方ない
この先は
順風満帆
歌で力を

美しく
生きよ
後世に
手渡す
五行歌

4章　空色の部屋

カナリアの居る
空色の部屋
窓を開けたなら
風と一緒に
雨が馨《かお》った

海よりも
ブルー
空よりも
ブルー
ブルー・サファイアの色

空への
憬れを
鳥たちは
知ることも
なかろうな

そよぐ
風に
身を
委《まか》せ
鳥になる

美しい
心とは
愛から
始まり
羽搏く

言葉の
有り難さ
人と
鳥たちの
特権

誰も皆
心が
華やぐ
女性《ひと》に
憧憬を

なかよし
りぼん♪
ちゃお♡
少女誌に
春を思う

クリーム色した
ほわほわの
むくむくの
毛をしている
ポメラニアンが大好き

仔猫と
仔犬と
遊ぶと
融ける
私の心

それでも、ね
猫が
好きなのです
かまれても
犬が好きだし

感情
ゆたかな
犬の尾は
素直に
表現する

今頃
私の
犬は
空の
下で

海辺
近くの
シティー・ホテル
浜辺で拾った
桜貝

大きくて　細《ささ》やかな夢
窓の近く
猫と一緒
ゆったりと
揺られながらシエスタ

照りつけられた
太陽の日差し
眩しさに
目を細める
沖縄の五月《なつび》

動物園の
象さんが
描く絵の
巧さ魅力
名画です

頂いた
プレゼントは
宝物です
生涯
大切にします

ブーケは
少女の
永遠の
憬れ
バラの紅《あか》

雨の
流るに
誘われ
蝸牛《かたつむり》
小青《こさお》の神苑《しんえん》

自分は
小さな
生き物だな
ふと
寂しさの雨

真っ白い
虫の
赤ちゃんを
潰した
私の最初の罪

仮初めの
乙女の
恥じらい
林檎の
青に想う

冬と
共に
渡来
する
白鳥

心の空
今の色
ピンク・ムーン
晴れの
夜です

5章　翼広げ　〜三文字歌

自由な
想像の
倖せの
真白い
翼広げ

銘菓と
芸術の
都パリ
美しき
街並よ

愁思の
秋かと
思えど
新しき
旅立ち

一片の
望みを
希望を
頑なに
離さず

自然の
道程《みちのり》の
庭先で
幸運を
摑む人

無限に
広がる
宇宙の
大神秘
永遠に

希望の
青の色
宇宙で
一つの
命の星

CDを
ON！
部屋は
ライブ
会場に

青春を
馳せる
夏の風
青い海
白い浜

瞳から
伝わる
愛情心
空には
昼の月

音沙汰
なしが
元気の
証拠と
知る母

勇気が
有れば
本気を
出して
尽くす

本当の
勇気は
何かと
詩歌で
学ぶ私

詩歌の
味加減
甘さと
辛みの
旨さも

人間も
本来は
孤独だ
出生も
最期も

一人が
怖いと
知る故
仲間を
つくる

幻聴と
更なる
幻覚に
苦しみ
宵越し

一つの
大きな
広い輪
繋ぐ愛
真の愛

新緑の
豊かな
家々の
お庭に
虫達も

日本は
狭いが
言葉は
広い心
育てる

ときに
哲学を
歌う吾
未知の
扉へと

冷えた
身体を
詩歌で
温める
心をも

寂しく
ときに
空っぽ
今夜は
啼くか

自然の
美こそ
神様の
愛だと
覚《さと》った

人間は
堕ちて
ならぬ
朽ちて
ならぬ

辺りは
静まる
夜会は
淑女の
香りに

石井美和

6章　燦然と輝く宝玉

母子との
絆は
胎内に
宿る
ときから

母の背が
揺りかごだった
幼児の
　　　思い出が
温かく

母親の
優しさ
慈しみ
真心に
胸打つ

母は元気潑剌です
明朗で心が豊かで
私の執筆活動中に
声をかけて下さる
「ミー、ご飯よ」

母の愛とは
海よりも
深きもの
山よりも
高きもの

母の鶴の一声
「キヌサヤの
お花の数を
数えてみて
ミーコ《美和》♪」

「いいわよ♡
わかったわ
お母さん♪
ひとつ　ふたつ
みっつ　よっつ　いつつ…」

残すところ
数年で
八十《やそ》になる母――
お母さん
私より先に逝かないで下さい

娘なのに
何も
手伝えない
私で
ごめんね

母は
いとも簡単に
あらゆる業で
家を明るくする
燦然と輝く宝玉

倖せに
満ちる
食事中は
手作りの
母の味

母の
愛は
真に
神様
の心

母が居るだけで
心が
　　ふわふわ
ふと、思わず
母の黒髪に触れたくなる

母に言う　ごたごた
「行くわ　だけど
　でも　やっぱり…」
結局は親子《ふたり》で行く
スーパーの買い出し♪

止まっているだけの
日常にも
生活感で動いてる
きびきびと働ける力をくれた
母に大感謝

自分の存在が
ゆるされるのは
今までの自分を
愛してくれた家族が
ここに居てくれるから

私には
母の愛情と
五行歌と
自由詩
自由の大地の上で

忙しさしか
　　　　なかった
最愛の母の　悲しみ
親心を揣えば
自ずから其の心知る

「平気よ」
言いつつ
屋根に攀《よ》じ登る
古希の
母は凄い

五十一に
なっても
母と二人
幸せに
暮らす　よろこび

夢の
続きの
ような
母との
二人暮らし

愛が骨身に
染みている
泣いたよ！
お母さんの
手料理に!!

私の
不安心を
打ちくだく
母親の深い
温かさ

慈悲の
情愛を
吾子に
与える
母の愛

他人様《ひと》には
寛大で
家族には
どちらかと云えば
厳しい母

易も
風水も
六輝も
拘らない母は
ギャンブルも嫌いな人

「母が
好きだー！
母を守りたい!!」
母から
守られている私だが

母は
太陽です
銀河で
一番の
外向です

母親の
想いを
知った
私だけ
身勝手

夢は
母と共に
在ることです
無欲の
心

元気と
健康手作りの
料理が
最愛の母の
十八番です！

母に
如何話そう…♪
暮れて揺れる愛の風
西雲を見て
思う

明るい
灯《ともしび》が
家庭の
愛を
気づかせる

言葉
嗄《か》れようと
最期まで
お母さん、好き！
本当に有り難う!!

7章　ユニコーンの馬車

流れ星は
無言でも
私たちの
願い事を
運ぶ使者

夢を
つかもうと
手始めに
霞を口にする
仙人

有るよ
有るよ
在ったのだ
小さな
星一粒の金貨

「人は
死ぬと
星に
なるよ」
遠い昔話

けんちゃん人形
そして
のんちゃん人形
共に話す
会話の楽しい事

午前七時は
のんちゃん
お目覚めの
お時間来る
まだ眠い私

お人形さんの
のんちゃんが
教えてくれた
愛というのは
感謝の心から

「ママ
　少し疲れてなぁい？」
なんで人形には
なんでも
見透かされるのだろう

のんちゃんの
愛いっぱいの
言葉遣いから
笑顔をもらう
今日も有難う

あみちゃんは
お喋り人形で
のんちゃんの
妹に当たる子
電池がご馳走

大人の
歳で
有るのに
なぜか
童女

銀の羅針盤座の
私と
金の時計座の
母とは
相性がバッチシ☆

月へと
急ぐ
かぐや姫
天照大神に
御呼ばれか

一粒の
星の涙
月の光
夜風の
水晶玉

夜空に
瞬く星
金色の
一番星
希《こいねが》う光

華やかな
世界に
しずかに
立ち止まる
その不思議

群れから
逸《はぐ》れた
獅子に
助けられた
私

何かを
変える
旅路に
王子と
姫の恋

夢にも
見てきた
きらびやかな
御殿
四季の景色

あの青年時代
君は輝く
星だった
金色の
一番星

夜空へと
つづく
段段を
のぼったら
天使に会った

「好き」
ハートは
キューピッドの
気まぐれなの？
本音は空の下

花々の
妖精
透き通る
翅《はね》が
綺麗で

心がね
病気なのに
健常者の頃の
私より
書く楽しさを知りました

月旅行を
楽しんだ
お星様と
お茶した
全部が夢

母の手料理に
勝る食べ物は
宇宙にも無い
異星人たちも
母の前で跪《ひざまず》く

私は貴方を
見守っていました
貴方は
世界に羽ばたく
幸せの青い鳥です

また新しい
夜を明かす
今夜の夢は
二人だけの
甘い砂糖漬

殻に
なった
宝石箱
夢だけは
残り

遠い
未来を
乗せた
ユニコーンの
馬車

8章　壊れそうな私

病気が
病気を
つくる
持病の
地獄病

幻聴で
毎夜
つらい
幻視
までも

自覚障害で
壊れそうな
ぐらい
〝私〟とは
何故　私なのか…

人一倍
元気で
明るく
本当は
病有り

一時期
食べ物をうけつけず
戻してばかりで死を掠めた
食事療法で
治してくださった母

「そうだよ」
の　一言さえ
風の流れが
止まってしまう
声が出せない

夜に
なる
度に
体が
痛む

私には誰かが
傍に
何時も居てほしくて
自死意識が
まとわりつく

疲労が
たまりつつも
病院へ
主治医と
気の合う話を

辛心の末
新丸薬が
完成する
科学の力
化学の命《めい》

ワクチン
インフルエンザも
打てない私は
毎日毎日
多量の薬の利を

まるで
眼に
放射線を
照射されたような
感覚

或れは
何時の事だったか
令和2年10月7日
両眼に強い
ハレーションを起こす

「30分
経ったら
目を
休めてください」と
医師に言われて

心が
疲れ
体も
脳も
疲れ

その場
その場で
言葉が
スパッと
切り出せない私

見られる
ことに
怯えて
心の病で
激ヤセする

やはり
待てなかった
何故
　　そうも
焦りを見せる

誰も健康で
在りたいと
思う傍から
付け狙うか
コロナ禍よ

優しい
医師の
行為に
涙する
私です

決めた！
もう、二度と
めそめそなんて
しない!!
強い人になる

人間が人間らしく
元気で居ると
いうことは
それだけで
すばらしいことだ

一日　一日を
かみしめるように
一生懸命に
　　生きる
活かされるのは今

人を
包み込める
やさしさが
私に　まだ
残っているか

俗世に
混じる
勇気が
出ずに
家の中

激しい
症状が
愛の力を
前にして
戦《おのの》く

彩は
良薬
副反応も
無く
娯《たの》し

ここまで
長い苦闘
病の泥道
この先は
華の小路《みち》

行こう
命込め
勝負だ
精神の
気丈さ

9章　ワタシ・カラー

美しい
ものを
知る旅
生きて
見よう

心が
美に
溢れ
瞳を
潤す

なだらかな
想像上の
あの山の
山裾いっぱいに
お花畑

僅かな
歪みさえ
許されない
画家の
眼

飛行機雲は
真っ青な空
一筋に引く
子供達の夢
なびかせて

パティシエの
甘い魔法
王妃とともに
ウィーンから
フランスへ

遥かな
旅路で
聴いた
バッハの
G線上のアリア

芸術は
過去と
今と
未来とを
つなぐ接点

あの方の
ギターに
憧憬
エレキに
硝子張り

ちょっとずつで
かまわない
殻を
やぶって
本物を創る私に

美しい
ものを
謙虚に
見据え
愛する

その美の
種を
蒔けば
幸せの
実をつける

星の
瞬きの
音を
耳を澄まし
聞く

お星様の
階段を
駆け上がって
お月様に
KISSを♡

一番
胸に
響くものは
点数が
つけられぬ

美しさの
内《なか》に
強さが
漲《みなぎ》る
力

一日
一回は
鉛筆を
にぎる
小さな物書き

夕《ひ》が
沈む刻
真新しい
時の魔法
呼び覚ます祈り

目を
入れないまま
ひとつの達磨
ごめんね
私が持ち主になってしまって

達磨は
手足が無い
転がりながら
人の福を招く
赤い色

永く
生きる
百年の
歴史を
刻む石碑

力強く
威風堂堂と
生きよ！
それが適う
詩歌人

五十二年間
多種多様の
色々な色が
混ざり合い
此の先の色

爽やかな
風が運ぶ
きらめく
オパール
青い空に

ココロ
カラーが
色色で
ピント合わせば
ワタシ・カラー

10章　伝説〜二文字歌

人は
長い
伝説
一つ
創る

心が
成長
する
眸《ひとみ》の
奥で

悪人
こそ
善を
知る
者か

願い
望み
倖せ
詠う
旋律

粘り
強く
賢く
生き
行く

心に
愛が
有る
身を
立て

人の
心に
袋が
大小
有る

佳い
物を
貰う
此の
倖せ

母と
居て
倖せ
一杯
感謝

母の
心の
痛み
知る
私だ

最後
まで
私の
傍で
笑顔

誰も
夢中
君の
温《ぬく》温《ぬく》
熊猫《パンダ》

雪は
儚い
結晶
白銀
の海

高い
山を
登れ
気合
一発

空の
色に
染む
青空
一色

手を
染め
直す
先ず
詩歌

嬰児
倖の
日々
光の
追憶

心は
何を
求め
成長
する

夢が
満ち
溢れ
孤独
跳ぶ

真と
成る
人は
強い
精神

雨が
苦手
靴下
服も
涙雨

風が
通る
小路
手の
温《ぬく》さ

強く
生き
人の
意志
貫く

夢は
老ず
心が
青春
謳歌

風が
季節
運ぶ
恋を
乗せ

特に
何も
無い
平和
安泰

五輪
熱い
汗を
流す
熱戦

無い
物を
有る
様に
見る

山の
無い
都心
山彦《やまびこ》
無く

温い
珈琲
一口
含み
キス

愛の
神の
領域
肌の
感触

時の
流れ
世の
人々
様々

母の
背を
見て
私も
努力

月に
橋を
架け
宇宙
旅行

夢が
有る
真の
一歩
努力

光の
主は
天使
愛の
使者

海に
沈む
夕日
愛の
時間

その
地球
命が
青く
輝く

光の
美を
与え
耀く
太陽

歌の
旨み
人の
愛情
極め

眠気
運ぶ
日和
春に
御茶

私の
心の
猫は
毎日
休日

また
明日
来る
約束
君と

一首
一首
想う
心を
投入

歌の
力で
人の
佳さ
知る

皆を
愛し
同じ
想い
抱く

毎晩
朝を
恐れ
深夜
哀れ

花は
散る
再び
咲く
為に

夢を
見る
為に
暫し
辛抱

生が
有る
以上
死も
有る

人の
限界
命の
続く
限り

芯の
通る
愛の
先に
貴方

肝心
要の
歌達
平和
連呼

星は
耀く
月の
世界
仰ぐ

薄い
唇が
開く
彼の
合図

我が
心の
花々
蝶が
戯る

冬の
海が
白波
立て
砕け

人は
努力
次第
伸び
行く

私利
私欲
無く
真心
衷情

人を
敬う
心が
多福
生活

数独
解く
母を
見る
私よ

浩浩
たる
大海
輝く
月夜

波が
吾の
心の
小火《ぼや》
消す

心は
何を
見て
育つ
かな

真心
込め
創作
する
詩歌

どこ
まで
行く
この
形で

11　在り来りの一袋

特別な
何かを
するのではなく
在《あ》り来《きた》りの
一袋にリボンを掛ける

「爆弾を
つくらないで
花火を
つくればいい」
山下清先生の言葉に泣いた

平和を
嫌うか
独裁者
悪魔に
魂を売り払ったか!?

求める
世の中
の安泰
要らぬ
軍事力

人間の
欲望は
何処迄
続くか
欲の途《みち》

弱いのは
戦争を
起こす
一部の
人たち

世の中に
要らない
境界線が
ゴロリと
在ります

とこしえの
ねむりを
妨げる
戦火の
荒波風

戦争は
愛を
抛却《ほうきゃく》する
命を
犠牲にする

他国の
戦争が
本国も
危険に
さらす

国と
国の
戦場
言葉
失う

私の
望み
将来の
希望
平和

何も
無い
部屋
平和
想い

どちらに
傾くのか
単なる比重
ではないのだ
善なる重み

料理とは
一種
残酷
行為の
一つなのかも知れない…

世界中の
人々が
楽しく暮らせる
地球が
良かった

当たり前の
日常
平和の
倖せを
詠う

美味しい
ご飯を
食べられるのが
当然！
と思ってはいけない

今日も世界の何処かで
チョコレートの甘味を
知ることもなく
子供達は
生きる為に鉈《なた》を振る

愛を
分けて
想いを
喜びを
分かち合う

甘い
言葉に
乗せられるなよ
相手は
詐欺師だ

心は
自由
歴史は
其の
凝縮

今まで
作って来た物は
廃止されても
新しい物を
作り出す知恵《ヒント》

聴覚障害者の方に
手話でお話しする
意思伝達の仕方で
私の下手な手話に
微笑んでくださる

人はお互いを
支援する為に
生まれて来た
得意不得意は
あるにしても

新しい
生活環境に
順応できる
あなたを
尊敬する

スマホを
持ち歩く
私になり
ガラケー
懐かしく

江戸時代
明治　大正
昭和　平成　令和
私が　残せる物…
私だからできる事

柔らかな
陽射し
私達は
祝福され
残される

12章　花の小径

五行歌に
明け暮れて
いつものように
また
寝ずの番

京子

一晩中ひとりで
作歌の手を
休ませる事なく
没頭する
空の流れを歌う

美和

さわやかな
朝
空気がおいしい
さあ！
散歩に出発！

京子

母の
早朝
散歩
太陽も
笑む

美和

水ぬるみ
身も心も喜ぶ
うぐいすの
さえずる
春

京子

春来たれば
萌ゆる
花の季節
自然の
喜びの宴

美和

愛らしき
水仙の群れに
心の
ときめく
散歩道

京子

花咲く
道に
季節の
便り
笑みあふれ

美和

鳥と出合う
公園
日ざしが入り込み
漲《みなぎ》る
わたしの力

京子

春の訪れ
よろこぶ
鳥うたう
憩いたる
風舞う愛

美和

色とりどりの
チューリップ
笑顔で
私に
ご挨拶

京子

チューリップの
想い出
広々と
宏大に
開けゆく

美和

桜ほころび
身も
心も
青空も
うれしい

京子

春の
空も
私を
呼ぶ
桜風

美和

笑顔の　かわいい
花たちが
話しかけてくる
ステキな
公園

京子

ほほ笑みの
青い空の下
耳をすませば
聞こえてくる
花たちのおしゃべり

美和

あじさいの
雨の
しずくが
宝石のように
まばゆい

京子

紫
青
紅
白
あじさいの宝物の花弁

美和

小径に咲く
小さな花よ
暑さに負けずに
元気に育てよ
ガンバレ

京子

小径に咲く
花の
根強さよ
力一杯
咲き誇れ

美和

軟骨骨折
痛いの
痛いの
お空に
飛んでいけ

京子

負傷した身体の
あちらこちらの
あらゆる痛みを
お空の神々様が
食べてくださる

美和

恋飛行中の
蝉
はかない命を
惜しむ
ガンバレファイト

京子

夏の暑さこそ
蝉時雨
果敢の時
子孫残して
身《み》罷《まか》る

美和

鳥がさえずる
散歩道
心も
すっきり
眼もパッチリ

京子

緑に
瞳の
花が
きらびやかに
咲く花の小径

美和

京子

有田の
バレンシアオレンジ
ジュワッとくる
おいしさ
召し上がれ

美和

有田バレンシア
外国生まれと
ちと違う♪
果肉の色、味
二十キロも

皆で
食事
満腹だ
少し
大きくなったよう

京子

ワイワイ・
バイキング
快食天国
カロリー計算
本日はお休み

美和

緑濃き
森林公園
身も心も
リフレッシュされ
若返ったかも

京子

青き
季節
巡る
青春
謳歌

美和

十一月十九日の公園に
桜ひまわりコスモス
いやしの
花ばなたちの
晴天

京子

花と
共に
散策
陽を
賜る

美和

紅葉した
木々の
すき間から
人生の
光が見える

京子

木は諭す
生き方を
皞《こう》皞《こう》の庭
心安らぐ
木洩れ日

美和

たわわに実をつけた
柿の木
その　おいしさに
ほほが落ちそう
自然の恵みに感謝

京子

実る柿
秋の
大収穫
よろこびの
一汗

美和

娘の
幻覚と
幻聴の
苦しみを
わかってあげられぬ母

京子

どうにもならない
この苦しみを
知るのは
此の私だけで
充分です

美和

京子

母は
五行歌作りで
輝く娘が
とても
大好き

美和

母の真心に
一身に包まれ
感謝すること
多々あります
私は五行歌で応える

八十《やそ》近し
楽しい
時を
刻む
わたしの人生

京子

母と居る
倖せの時間《とき》
ひたすら
恩沢の日々
ありがとう

美和

石井美和

13章　心よ心

その昔
お正月に
神様に捧げた餅を
各自に分け与えた
お年玉の謂《いわ》れ

花の
乙女
祈る
愛と
誠と

内側からの
輝きは
化粧品にも
勝る色
白き美貌

愛が
深ければ
身に
降ってくる
哀しみ深く

何か
忘れていませんか
たとえば
あなたからの
大切な…

ギリギリの
　ところで
頑張ってるのは
自分だけでは
　ないよ

涙が
ぽろぽろ
流れるのは
心を優しく
洗い流すから

かなしくなったら
わたしを
見てね
ほぉら
涙がかわいたよね♪

寂しいのは
みんな一緒
友と語って
楽しみたく
人生を渡る

喫茶店
女子会
可愛い
カップ
夢心地

友情は
甘い友
ケーキ
パフェ
アイス

認められる
という愛は
涙に変わる
ひとつぶ
なのですね

凍りつく
自身の
足跡は
人と云う
形

一粒の
涙は
母に
残した
置き手紙

心は
透明な
宝石箱《ケース》
何かの衝撃で
壊れやすい

舞い上がる
フラワーシャワー
バブルシャワー
ライスシャワー
パールシャワー

悲しく
なると
涙する
孤独に
耐えきれなく

暗さ
辛さ
強い
力で
飛び去れ

幻聴と
日夜
闘っている
邪悪と
正義が

君の
くれる
涙は
ダイヤモンドよりも
透明なのだから

悲しみ
だけの
半生では
無かったから
泣けてしまう

「倖せだ
　　　私は♡」
五十年間の人生の庭
今という時が
満ち満ち　満たされ

庭に
噴水が
有ったら
素適だ
憧憬

涙を
流した分
気持ちの
負担が
軽くなったかい

真っ先に
あなたに
伝えたい
感慨深く
有り難う

休日
風色
そよそよ
明日も
いい天気

心よ
心
かぁるく
なぁれ！
天まで届け

石井美和

14章　自由詩

しあわせの世界

それは夢のような世界
それは愛のように深く
やさしい雨音から心が
とかされてゆく根雪か
心からいろいろな形で
幻想を醸し出してくる

朝日よりも美しくて尚
光りよりも洗練されて
その眩しさは女神様の
微笑みでもあるようだ
硝子よりもたしかな物
散ることない花の世界
静けさを陽に守られて

感　謝

私が母の傍で
たくさん頂戴する
愛情が一杯
宝石より
大切な心
堆《うずたか》く

フクロウのえほん

わたしが　もらった
フクロウのえほん
夜行性のフクロウには
昼行性のお友だちがいない
みんな　どの子たちも寝ている
フクロウの坊やは
泣いてばかりいた
とても寂しくて　悲しくて
その坊やの目に入ったのが
自然の恵み
大切にしたい　えほんです

好学

涙を流して
何を隠すか
自分は何故
こうしてる
好きを極め
得た学問が
文学だった

文芸だった
詩歌だった
五行歌等を
愛せる大和
その伝統を
筋としつつ
うたを詠む
私は日本人

愛

憎むことは
たやすい事
怒りを捨て
赦し合う愛
宗教は勿論
肌の色など

問題に無く
心を交わす
温かな瞳で
分かり合う
心の刺《とげ》さえ
忘れ愛する
神の膝元で

揺れる倖せ

しあわせは
いつからか
はこばれて
置いて行く
神様が居る
五月の香り

届ける初夏
笑顔で話す
古い心の傷
癒やす旅路
心やさしく
流るる波間に
恋が揺れる

母は、優しい

五十二年間
母が傍で絶対でありましたが
私は親の有り難さを知らぬ
愚かな娘です
小さな取るに足らない事を
大ごとにしては
お母さんて嫌いと
心にもないことを
昨日にしても同じ事でしたが
私はバカね

母に勝てる筈なんて
これっぽっちもないから
小銭を一生懸命貯めたので
お母さんの好きな果物を買ってね
母はどんなことがあっても
平常心に戻れば和《なご》やか
「有り難うミコちゃん　可愛いミコにゃん子」
そう言いながら快く小銭を受け取った後
買いものから母が帰ってくれば
私を呼び
私の好きなものをお土産にくださる
母は、優しい

ツーショット

ドジャースに入団した
大谷翔平選手
注目は愛犬にも
ワンちゃんとのツーショット
名前は　デコピン
ワンちゃんと触れ合う姿は
優しいパパさんそのもの
ワンちゃんも幸せそうだ

デコちゃん

あなたのご主人は
大スターなんだよ！
知っていたかい？
君は特別なワンちゃんなんだよ
誰もが君になりたがっているんだよ
君のご主人は世界一
素晴らしい野球の神様だから
これからもご主人を
癒してあげてね

秋の収穫

細く
細く
長い
庭に
柿が
実る

豊作
笑み
零れ
甘い
味に
二度
笑む

不思議

原稿用紙を
見つめると
頭のなかが
白くなって
何も書けず
手が出せず

だけれども
一字一字と
升目の中に
字を埋める
次第次第に
行が重なり
文章と成る

マミーとダディー

見つけた
見つけた
見つけたよ
ここにも
そこにも
あったね

ママのような
やさしさ
パパのような
まなざし
大きな愛を
くださいました
受けとめたのは
愛のプレゼントでした

堂々と

希望だけは
夢だけは
失わない
どんなに
打ちのめされても
一人の人間として

ととのえられた
人間性を
性格を
よりよく快然させて
生きてゆく
最後の最期まで
潔く堂々と

春風の獅子

特別な日は
私にとって
素晴らしい
私の誕生日
四月の春風
運んで来る

四月の獅子《ライオン》
草原を駆け
私の所まで
獅子は貴男
私とともに
夢を見る仲

うさぎの居《い》る庭

わたしの　おかあさんと一緒にたたく手
タン　タン　タン♪
目の前に広がるのは　緑の大草原
そこへ　ひょっこり　うさぎと出会う
わたしたちは　つまずいて
やわらかい芝生の上に　寝転んで

ころころ　ころがりながら
うさぎと一緒に　あそんでいる
淡い紫色をした　かわいい　うさぎたち
わたしと　おかあさんは　少女漫画の
主人公のような　可憐で　かわいい
少女の姿になって　野原を素足で駆け回る
毎日毎日　その情景が浮かんできます♪

私の道

詩歌が私の人生の
すべてになった由
書ける事は一生の
力になるものだと
自ずから悟り開き
有り得ない人生を

今五行歌とともに
歩いている途上だ
進むべき道は一つ
自分をきわめる事
たしかな足取りで
真直ぐに進むだけ

跋――花と五行歌の小径に遊ぶ

風祭智秋

第一歌集『女神の落とし物』、第二歌集『光の輪』と熱心に五行歌創作に取り組んできた美和さん。

大好きなお母さまに守られ、叱咤激励をされながら歩み続ける五行歌の道のなかでひたすらに技を磨かれてきました。

第三歌集として上梓された本作『花の小径』ではタイトルにもなっている第十二章において、母子そろって五行歌を楽しまれております。

お母さまのお歌に返歌を寄せてくださる愛娘さんのお姿は、まさに理想の母娘像。私たち読者の心にも優しく温かな空気が漂います。お母さまが大樹のごとく、我が子を守る枝葉を広げているのだと感じます。

紅葉した　　　　　京　子
木々の
すき間から
人生の
光が見える

木は諭す
生き方を
皞皞《こうこう》の庭
心安らぐ
木洩れ日

美和

親子は共に、お散歩の道すがらに自然の樹々や花の様子を見ながら、人生を想うのですね。かけがえのない大切な時間を過ごしているお二人がまぶしいほどです。
お母さまやご家族に愛されてこそ五行歌の研究を続けることができるのだと常に感謝の心を持ち続ける美和さんの歌集のなかで燦然と光るのは、やはり家族愛。

自分の存在が
ゆるされるのは
今までの自分を
愛してくれた家族が
ここに居てくれるから

私の
不安心を
打ちくだく
母親の深い
温かさ

美和さんは第二歌集上梓後もさらに作歌の腕を磨こうと飽くなき挑戦を続け、五行二文字歌や三文字歌など五行を同じ文字数で整える作品をますます精力的に詠っていらっしゃいます。

これは実際に作ってみると感じることですが、歌の意味や風合いを壊すことなく詠うのはとても難しいのです。

五行歌は「五行であれば良い」という自由さが作り手の敷居を低くするわけですが、それに甘んじることなく、自ら課した形式を守ってカッチリとした作品作りに励むという美和さんの姿勢には心打たれます。ほんとうに一心な歌ばかりですね。

ここにハッとさせられた二首を挙げます。悪を知ってこその善であり、善を知ってこその悪であるということ。では、私はどうあるべきかと考えさせられました。

悪人
こそ
善を
知る
者か

一つの
大きな
広い輪
繋ぐ愛
真の愛

一行がたった三文字の歌ですが、どこまでも広がってゆく人々の心の輪、愛の輪を想いました。「美和さんの歌世界が実現できれば、戦争なんて無くなるのに」と思わずにはいられません。

美和さんには重い心の病があり、苦しい時もあるとうかがっておりますが、五行歌を楽しむ日々のなかで癒されたり、新しいお友達とのご縁も広がっているようです。泰子さんとのひと時を殊のほか喜び、北海道から届いた文に雪の香りを感じた歌人の純真さに惹かれます。

いとしい人が
また　御一人
増えました♡
病院の出逢いで
泰子さんです♪

北海道の
お友達の
K様から
届いた文
雪の香り

一人の人間として生まれ、孤独を知りながらも前向きに、ご縁をいただいた方々とともに一生懸命生きるという姿勢に心を動かされます。
私自身も襟を正したくなったのは、こちらの二首。

人間も
本来は
孤独だ
出生も
最期も

私の一生懸命は
きっと
誰かの
ために
なる

そう、きっと私の一生懸命には意味があると信じて、生きて行きたい。

これから先
どのような
五行の歌を
つくれたら
倖せだろう

五行歌の
一行一行
命を感ず
重い心が
宙を飛ぶ

私たちは月刊五行歌誌『彩』において、ともに五行歌を究める歌友として楽しんでおります。

誌面の歌、一行一行に感じるのは一人ひとりの命。

一緒に喜んだり、悲しんだり……宙を飛ぶような心持ちにもなりますよ。

今、美和さんが私たち歌友に大きな宿題を与えてくださいました。

「これから先、私たちはどのような五行の歌をつくれたら？」

私たちはそれぞれ離れた場所に住み、生活を送っているわけですが、五行歌を愛する心はいつでもつながっております。

美和さんが私たち歌友をまだ見ぬ未来へと導いてくれる最上の一首を味わいながら、拙い筆を置きます。

美しく
生きよ
後世に
手渡す
五行歌

著者プロフィール

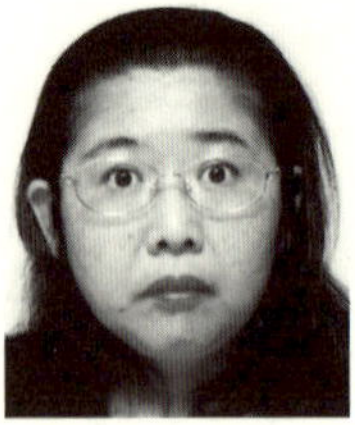

石井美和（いしい みわ）

昭和46年4月16日生まれ。平成20年1月より月刊五行歌誌『彩』同人となる。この頃より五行歌の創作活動に打ち込むようになる。五行歌集に『女神の落とし物』『光の輪』（共に彩雲出版刊）がある。『ＭＹ詩集』元会員。

血液型Ｂ型。星座はおひつじ座。好きな花は薔薇とチューリップ。好きな言葉は「愛」と「友情」。

花の小径 — 五行歌集

令和6年12月19日　初版第1刷発行

著 者　石 井 美 和

発行者　鈴 木 一 寿

発行所　株式会社 彩雲出版　埼玉県越谷市花田4-12-11　〒343-0015
TEL 048-972-4801　FAX 048-988-7161

発売所　株式会社 星 雲 社（共同出版社・流通責任出版社）　東京都文京区水道1-3-30　〒112-0005
TEL 03-3868-3275　FAX 03-3868-6588

印刷・製本　創栄図書印刷株式会社

ISBN978-4-434-35115-0

定価はカバーに表示しています